웃었다,
비둘기 때문에

조혜자 시집

웃었다,
비둘기 때문에

인문MnB

쓴맛은 모르고 단맛만 즐기던 내가
동지 팥죽을 열세 그릇 먹었을 때
일기장 속으로 들어가신 아버지
그날 이후로 나오지 않으셨다.

날짜가 멈춘 글밭에 들어가 찾을 때마다
퍼붓던 소나기로 글을 쓰고 싶은 꿈을 그때 심었다.

작은 바람에도 쉽게 넘어지고
빨리 못 일어나면 밟히는 코스모스
여고 진학으로 밟은 땅 서울
뿌리의 소중함이 가시처럼 박혔다.

밥그릇보다 숟가락이 컸고, 번쩍번쩍하는
도깨비 불장난에 마음 한 조각 걸어둘 곳 없었다.

산을 넘고 또 돌아 넘어 개미처럼 살면서 그리운 길
멀어질수록 또렷해지는 고향 단발머리 친구들도
돋보기 속에서만 보였다.

가자 고향 가자 내 유년이 살고 있는 꿈 찾아가자
날마다 포근한 흙냄새에 뒹굴고
먼저 온 비둘기가 되어 날고 싶어서다. 그러나

돌아온 길 사십오 년 만나 보니 듬성한 머리 위에
연필이 무디어 거센 물살 앞에 주저앉은 내게 나의 꿈
을 이루도록 잊을 수 없는 내 가족, 동기생들
  그 중에서도 유영희 동기생이 손잡아주고
  시인·문학평론가·문학박사 차영한 지도교수님께
서 징검다리를 놓아주셨다.

그동안 남은 세월의 책갈피에서 잊을 수 없는 이름들 만나려고

틈틈이 모아온 꽃씨가 밤하늘 빛나는 별로 반짝이도록 은혜 갚을 길만 남았다.

같은 해에 태어난 이시윤 손자도 있어

크기를 잴 수 없는 행복한 마음 또한 더 뿌듯하다.

2022년 壬寅年 9월

선연宣蓮 조 혜 자趙惠子

차례 ■

시인의 말 - 5

제 1 부

바느질 - 14

울타리 - 15

옛집 - 16

빗소리에 울음을 넣어 - 17

허수아비는 - 18

짐 - 19

주름진 얼굴 - 20

굴렁쇠 - 21

너와 나 - 22

웃는 꽃 - 24

대답 대신에 - 25

어머니 - 26

목욕탕에서 - 28

배냇저고리 - 30

활짝 핀 꽃의 눈물 - 31

파란 안개꽃 - 32

첫돌에 받은 선물 - 34

시어머니와 살던 집 - 35

그때 그 자리 - 36

제 2 부

산그늘이 지면 - 38

신발장 옆에 서면 - 39

햇살 덤불 밑에 사는 고사리 - 40

안골바위 - 42

설악산 봄 - 43

미시령 고갯길 - 44

돌단풍 - 46

주산지 왕버들 - 47

인수봉 - 48

곤줄박이 - 49

날갯짓하는 해오라기 - 50

만개滿開 - 51

대청봉 - 52

초가을 - 53

나를 보고 웃는 얼굴 - 54

어떤 미소 - 55

빈자리 채우는 너는 - 56

곡선 - 57

끈 - 58

제 3 부

빛을 비추는 소리 - 60

폭우 속에 뒹굴어도 - 61

농사아비 - 62

허수아비 - 63

극복, 여름고비 - 64

참빗 - 65

손거울을 보면 - 66

추수 끝물 - 67

간밤 별들도 - 68

그림자를 보고 싶다 - 69

한 마리 새가 되어 - 70

바람살에도 - 72

한내천에 사는 눈웃음 - 73

대나무 숲길에서 - 74

원당샘 은행나무 - 75

사직동 향나무 - 76

그루터기 - 77

돌림병 - 78

꽃이 지는 날에도 - 80

제 4 부

금빛쟁반 해바라기 - 82

노루귀꽃의 웃음소리 - 83

꽃이 피는 수수께끼 - 84

벚꽃 - 85

벚꽃축제 - 86

맺히는 봉오리 눈에 밟혀 - 87

목화밭에는 - 88

아카시아 꽃향기에 취하다 - 89

칡꽃이 필 무렵 - 90

목화꽃이 지면 - 91

쑥부쟁이 - 92

진달래꽃 - 93

산토끼꽃 - 94

백목련 - 95

기억해 준 사랑은 잉걸불 - 96

인동꽃 - 97

달맞이꽃 - 98

더덕꽃 - 99

꽃바람 - 100

제 5 부

다시 만남 - 102

풍경을 그린 방 - 104

수평선 - 105

통영 앞바다 - 106

바닷새 - 108

바닷가 - 109

서덜에 가면 - 110

바위를 읽다 - 111

태풍 오마이스 - 112

갯바위 드럼소리 - 113

내 가슴에 안긴 새 - 114

웃었다, 비둘기 때문에 - 116

날아다니는 연꽃 - 118

소금을 볼 때마다 - 119

먼눈 두고 - 120

봉숫골 고목 - 121

봄 도다리쑥국 - 122

아니야, 이젠 컴맹 아니야! - 123

딱따구리 - 124

조혜자의 시세계

움직임을 낯설게 형상화한 시편들 | 차영한(시인·문학평론가) - 125

제1부

바느질

지문이 다 닳아 없어진
아픔을 사철 땀방울에 꿰어
곁에 두고 보려고

바늘구멍에다 밀어 넣어 본다
가슴을 활짝 보여주는 보름달
자유롭게 나는 학의 날갯짓도
폭풍우 견디는 소나무에서
목화송이 구름 누비고 누벼

내내 살아온 웃음들 다시
눈 안에 넣고 싶어 바느질한다.

울타리

하지만 지금은 아무것도 없다.
흔적이라고 찾아볼 수가 없어
어디가 어딘지 눈으로만 살피며
애타던 그리움은 나랑 울었다.

아! 그래 저기다 아직도
몇 뿌리 대나무가 살아남아서
바람을 타고
돌아서는 나를 부르고 있어

저기 대나무부터
저쪽 도로까지가
옛날 우리 집 뒷담이구나.

아! 거기에 울타리가 있었다.

옛집

그리움은 그림자
두레박이 우물에 떨어지는 소리
맷돌이 돌아가며
콩을 가는 그림자 소리

꽃밭에 날던
유자향도 그리움이네

기대고 서 있는
내 짧은 그림자

빗소리에 울음을 넣어

퍼붓는 빗소리에 울음을 넣어
목 터지게 우는 슬픔 내 것인 줄 알고
열어 볼 때마다 떨어지는 눈물
찢어진 가슴으로 몰래 닦아 보네

끝맺음도 없이
끝나 버린 아버지의 일기장
애절한 어머니의 통곡 소리가 있네
일기장 마지막 장에…

어머니의 연가인가
우리들의 연가인가

허수아비는

춤추는 숲에
노래가 들리고

기러기 등에 탄
둥근 달 보는 밤에

또 거친 바람이
한 벌 뿐인 옷마저도
벗기려 하네

헐벗지 않겠다
내게도 옹골진 가슴 있으니

짐

무엇을 담았냐고 누가 묻는다면
대답 한마디 해 줄 수가 없네

한 짐은 회억이 담아져 있고
두 짐은 돈 없을 때 힘들게 산 것이고
세 짐은 앞으로의 계획을 담고 보니
남들 눈에는 보잘것없지만
한 짐 두 짐 또 한 짐을 다시 동여맨다

만나는 회오리바람 속에서
모든 것이 다 날아가도
나를 지키며 따라다닌 나의 힘
그 힘 속에 영원한 스승도 함께 있다

어떻게 살아왔는지
어떻게 해야만 살아갈 수 있는지
짐 속에 든 힘이 나를 가르치고 있다

주름진 얼굴

뜨거운 찻잔을 후우 후 불어가며
한 모금 또 한 모금 마셔 본다

비워진 찻잔을 만지작거리면서
조용한 소리로 얘기도 하고 싶어
들어주는 이가 내 눈을 마주할 때
그의 눈물이 보인다

녹아내리고
닳아서 없어지고
관심 밖에 서 있는 얼굴

이제는 주름만 보인다

굴렁쇠

촉촉이 비가 내리는 길을
바바리코트 깃 세워 입고서
뭔가를 생각하며 걸어 본 길도 있다

짧은 치마를 입었던 날엔
나도 핸드백으로 가리기도 해 봤고
차 한 잔을 마셔도 두 손이 잔을 잡던
수줍은 그런 날도 분명 있었다

기억되는 나는 어디로 가 버리고
새파란 마음만 몸 앞에 섰는가

굴렁쇠를 굴리며 뛰어 보건만
몸은 뻑뻑해진 두 눈만 비벼댄다

세월이 나도 몰래
어느새 여기까지 데려왔구나

너와 나

나흘 밤낮
사경을 헤매고 깨어나

딸인가요?
대답은 아들이었어

믿기지 않아
고추를 보여 달랬지!

점쟁이 말을 믿고
할머니가 주신 열 달의 설움
날아갈 때는 1초도 안 걸렸어

폭설이 내려
티 없이 하얀 세상은
너 하나를 위한 축복이었지

너만 생각하면 행복해지는 나

언제까지나…

한때는 너와 나 하나였으니까

웃는 꽃

저 봄꽃처럼
그때 그날에도 꽃은 피었다

봄이 가득하게 찬
어느 따뜻했던 날에 오가는
길에 내가 찾던 꽃이다

겨울이 지나간 방문을 여시고
꽃구경하고 싶어 나오시던 어머니
"아− 해가 따뜻하다! 꽃이 너무 예쁘다!"
회생하신 어머니는 발그라니 웃는 꽃

봄 찾아오고
꽃 피어나는데
울 어머니 웃는 꽃은 내 가슴에 피네

대답 대신에

산들이 하나하나
돌아서 나가고
강물이 산 하나 앞세우네

죽을 만큼 힘들어도 다시
일어서 걷고 그 대답 대신에
내가 걸어서 꽃을 만나 보나니

지금 내 곁에서 잘 자란 목소리
"엄마, 내가 엄마 사랑하는 거 알지?"

"응, 그래, 나를 닮은 책 한 권 속에
너를 사랑한다는 전부를 읽어 보면 알아"

어머니

끌어안고 핀 실국화 같고
어둠 속에 빛을 키운 석류와 같아
언제나 따뜻한 햇살입니다

겨울바람이 입술을 깨물어도
타고 돌던 안돌잇길
이마에 섰던 그 핏줄들이
불쏘시개였습니다

바늘 없는 실로 수놓은 달력을
바라만 보시는 젖은 눈동자
어금니의 안부는 살피지 못하고
눈만 드나든 속없는 문안
부디 용서해 주십시오

이젠 저의 손을 꼭 잡으십시오
어머니 숨소리로 자란 제 손을
어머니…!

목욕탕에서

"오늘은 우리 딸하고 같이 왔어요"

홀랑 벗은 나를 내세우시는
어머니의 가늘고 긴 목소리가
껴안아주네

발자국이 남을까
조심조심 오르는 언덕

바람 없이 선
앙상한 나무들이 외롭네

나뭇가지 사이로
동그란 나뭇잎 미소가 보여
휘파람 몰래 깨무는 물소리

모녀는 그대로

소낙비 맞는 나무로 웃어대네

배냇저고리

저고리 깃에 수놓은 글
나의 바람이
이제는 소리가 난다

고이 펴 보고
다시 접어 둔 배냇저고리
네가 있어 행복하단다

너의 온기로
나를 대신해 안고
해맑은 얼굴 보여주었지

그 기쁨 그대로 지키기 위해
낙엽이 지고 또 지는데
너의 품에서 흘러나오는
달달한 그 향기가 나를 입혀주네

활짝 핀 꽃의 눈물

답신 대신 걸려온 전화
고맙다는 한마디 말
괜찮다는 웃음소리 하하하…

드럼소리 나팔소리 피리소리 메들리를
언제쯤이나 다시 듣느냐고
오고 가네

기다리는 마음이
점점 작아질 때 울리는 폰 소리
친구 이름 속에
친구 이름이 있네

눈을 감아도 웃는 얼굴로

파란 안개꽃

어머님 방문 앞에

떨어진 꽃 한 송이
얼른 주웠네.

한 송이 또 한 송이

어느 날은 작은
꽃봉오리네.

나오실 때 흘리시고

들어가실 때
밟으시는 그 꽃이

싫다고 하더니만

32

망설이던
한 마디 잘 참았네

무거운 눈물로 버무린 시간 두고
이제는 파란 안개꽃으로 피어나
나를 환하게 껴안아주네

첫돌에 받은 선물

구름은
산기슭에 흐르는 강을 보고

강은
다랑논을 보고 있었네

붙잡고 서서
수없이 지장 찍은 통나무 밥상

저 고목의
문을 열고 맡겨둘 것을
들고 다니다 잃어버리고
나이 속에 줄무늬만 아른거리네

찾을 수 없어 잊었는데
누가 보내왔는지 거울에서 웃고 있네

시어머니와 살던 집

그렇지만
어머니 몸소 거동하실 때
따뜻한 새집 지어 모시고 싶어
허물게 된 옛집에 그림자 섰네

문지방을 매만지는 어머니의 노래
"도편수가 깎은 기둥인데…"
"도끼로 깎는 걸 내가 봤는데…"

창호지 찢겨 나간 문고리 잡고
지팡이 짚은 손 벌벌 떨게
세월을 내뿜는 긴 한숨소리

집 뒤 안길
풍요로운 대나무 숲은
오가는 새들 불러 모으고 있네

그때 그 자리

새하얀 모시옷에
긴 수염 매만지며
어버이들이 쉬는 곳

업은 아이 돌려 안고
젖 먹이던 아줌마는
꾸벅꾸벅 졸고 있네

한여름 날
바람도 쉬어가는
플라타너스

철부지들 눈동자에
웃음 또한 뒹굴고

제2부

산그늘이 지면

남새밭에 얼른거리는 그림자
십 리 길
달아나는 낟알을 찾아
잦은 발자국 아끼지 않네

털어대는 서리태 콩대 소리가
자식들 웃음소리처럼 들려

산그늘에 모정을 퍼 담는
망구순 할머니 미소마저
입가에 이슬내리네

피었다
시들지 않는 꽃 하나 보네

신발장 옆에 서면

대관령 능선에 양떼
엉덩이를 흔들어대네

곁에선 소를 타고 다시
달려 보고 싶네

거칠고 험한 길
좁고 가파른 길
투정 없이 여기까지 왔는데
또각
또각
또각
발자국 소리만 들리네

신발장 옆에서 무릎이 듣네

햇살 덤불 밑에 사는 고사리

삼십 대 초반이라 담아 듣지 못하고
젖은 낙엽

이끼 입은 돌멩이
밟고 가는 발끝의 울음소리 크다

문득 검불 걷어 보니

김이 나지 않고 뜨거운 시어머니
꼬부랑허리
덥석 내 손을 붙잡는 손

"저 바위 둘을 지나 또 하나 지나서
소나무 세 그루 나란히 선 그 뒤에
검불 속에 고사리가 많이 있단다."

어머니 나이 가까이 오니
바쁘게 살아오다 잃어버린 텃밭
어머니의 유산 늦게야 깨달았다

낙엽 내리는 가슴에 고사리 돋아난다

안골바위

아늑해서 좋았다
지나가면 부르는
시어머님 옛 친구다

곁에 앉으면

병자년 포락에 배곯던 이야기
인민군한테 황소 빼앗긴 눈물
씨 바꿈이 하러 영 넘어간 한숨소리
젖은 눈 양지 달굼에 말릴 수 없었다

5일장 나들이 길에
묵은지 같은 친구
어루만져주던 더듬이 바위
내 안골에 있네

설악산 봄

앙증스러운 분홍빛 앵초
화려하게 춤추는 엘러지꽃

사철 내내 활짝 핀 지게 꽃 사랑도
설악산 향기를 밟고 내리는
선녀와 만나네

금강초롱꽃 산솜다리꽃은
발톱으로 어여쁜 꽃 입술 그려주네
옷자락 감추고 걸어가는 햇살에
꿩의바람꽃마저 눈부시네

날아든 참수리도
내 날개 받쳐 올려주고 있네

미시령 고갯길

동해 바다 보기 위해 펼쳐진 절경
수십 폭이 겹쳐지는 동양화
쏟아지는 폭우 속에서도
가파른 숨소리로 그리는 입체화

미끄러져 나무에 걸린 자동차
그 아래로 껑충껑충 뛰는 고라니
거북이처럼 끽끽 기어오르는
승용차도 엉덩이를 하얗게 털어대네

이게 웬일인가 미시령 하늘이
둘로 가르고 있네
새소리가 산토끼를 쫓을 때
내 머물던 아늑한 속초 하늘이
닿는 바다를 그려주고 있네

아! 파노라마 보랏빛 풍경 위로

그림자 없는 해가 묵묵한

울산바위 등을 밀고 있네

돌단풍

살포시 찾아온 이슬 반기며
어둠에 숨었던 뿌리가 웃네
꽃잎이 열리면

구겨진 일기장을 다림질하고
돌덩이처럼 굳은 입술을 녹여
조각난 햇살 받아 모으네

바위틈에서
꽃 피운 이야기
푸른 단풍잎 위에 곱게 얹어두네

* 돌단풍의 또 다른 이름은 돌나리로 부름.

주산지 왕버들

누운
하늘 위에
단풍 든 산 있네
조각구름 있네
나르는 새도 있네

세월 다듬어
허리에 차고
마주보고 살아온 얼굴
당신 누운 하늘 위에
내가 보이네

인수봉

아직도 고스란히
가슴에 남아 있네

가장 가까이에서 나를
비춰준 달빛에 놀란
한 마리 다람쥐

단풍나무 흔들리는
달그림자 사이로 뛸 때
내 사랑이 들키던 곳

가을 눈빛 따라 다시
그리운 것은
내가 섰던 그때 그 자리

곤줄박이

새야
둥지 밖에서 자란
외로운 새야

하얀 마음
곱게 간직한 새야

내 눈 속에 둥지를 틀고
앞선 비바람 다 막아주네

맑은 네 노래가
귓전에 앉아
다독여 줄수록 따뜻하네

멀리 있어도
멀지 않은 새
곤줄박이야

날갯짓하는 해오라기

마치 거미줄에 걸린 나비처럼
한쪽 날개 폈다 하면
또 한쪽이 달라붙어
강물에 뜬 구름 위로
날갯짓하네

…끝이 어딘가

고운 빛이 더 바래기 전에
동백꽃 가지 사이 살며시 앉았다가
건너 산허리 안개처럼
하얀 빛살
끝은 날갯짓에 있네

만개 滿開

여태 내 곁에
숨어 있던 얼굴

아픔도 하나 없이
괴로움도 없이
꽃을 피우려는 봉오리

저 봉오리가 벙글면
어떤 빛으로 피어날까

사라져간 날들을 뒤적이면
떠오르는 달 화선지에 꽃을 그린다

대청봉

운무에 바위섬들
섬 섬 섬 사이
꽃놀이하는 배
줄지어 떠 있네.

남몰래 저 단정한 눈짓들
바위 틈새 소나무들 빛이네.
내 좋아하는 설악의 바람꽃으로
하트를 그려주네.

바람도 찾아와 어루만지는
내 이마에 새기는 세 글자 대청봉
정수리에 한 마리 송골매
햇살로 원을 그리네.

초가을

구름이
바람을 흔든다

가을을 안아주려고
더 높이 오른 하늘이 젊다

오색 저고리 깃
다듬는 소리에
내다보는 으름의 눈빛이 달다

저만치
내 옷을 갈아입는 눈동자에
빨간 꽃신이 뜀박질한다
코스모스 사이로…

나는
어디 서 있는가

나를 보고 웃는 얼굴

내 옆에 앉더니
곧 바로 도리 도리를 한다

앞에서 달래는
엄마의 새까만 가슴이 보인다

안타까워서
아이 어깨를 살살 쓰다듬는데
나를 보고 웃는다는 것이
내 손을 적신다
침이 줄줄 흘러내린다.
손수건으로
부드럽게 아이 입을 닦아준다

마음으로 웃어주는 이 얼굴이
내 어깨를 감싸는 온기다

어떤 미소

흙냄새 날까
물소리 들릴까

바람에 날려
기대설 곳 찾다가
빙빙 돌아가는 하늘도 봤어

하얗게 부딪히며
밟혀도
기다림으로 피어난 꽃

쓰다듬어주는 미소 한 아름
이 사랑에
주고 싶어 날리는 향기

빈자리 채우는 너는

부르면 쫓아왔다가
기척도 없이 사라져 간다

애써 붙잡으면
품속에 하룻밤
미꾸라지처럼 빠져 나간다

한 꾸러미 묶어 허리춤에 달아둘까

너는
빈자리 채우려
맺히는 땀방울
아침 햇살 쳐다보는 이슬인가

곡선

나도 그림 한 장 그려두고 싶었다.

바라만 봐도
찡하게 사랑이 흐르면서
따뜻한 미소로 그리움을 닦아줄
그런 그림 한 장 그리고 싶다

가로로 세로로
연필은 쉬지 않고 왔다 갔다 하는데
아직도 그림이 되지 않는다

나에게 감춰진 그 그림
순순하게 빛을 내는 눈동자
깜빡거리며 젖을 먹다가
나만 올려다보던 그 눈동자를

동그랗게, 동그랗게 그려두고 싶은데…

끈

눈에 보이지 않는 끈
끊어지지 않는 질긴 끈 앞에

애잔하게 짙은 눈동자를 맞대고
마주잡은 두 손을 꽁꽁 묶어두네

그 손에
또렷한 내 배꼽이 보이네

험난한 틈새
캄캄한 어둠에도
나를 다한 끈은 지칠 줄 모르고
무거워질수록 단단해지네

별들끼리 반짝이는 연유 알겠네

제3부

빛을 비추는 소리

하늘이 보이고
가로등도 보였다

그리고
깜깜했다

소리가 들린다
둘둘 감은 두 눈 속에
빛이 보인다

절리에 뿌리내리고
꽃봉오리 열며 외치는 울음소리

빛을 비추는 소리 보인다
내가 보인다

폭우 속에 뒹굴어도

그날
해와 달을 감추던 날

폭우에
무너져 내리는 흙탕물
떠내려 오는 나무들 속에
살아남기 위한 몸부림
아무도 알지 못했네

하늘이
내려 준 빛살에
수修 수遂 수綏를 믿고 다듬은 돌멩이
모나지 않아 빛이 더 곱네

농사아비

논바닥 물결을 눈에다 넣은 채
긴 그믐밤을 물꼬랑 지새네

금빛 미꾸라지 구름 위에 거닐고
막걸리 한 사발에
이시락*이 웃고 있네

제아무리 볏짐이 무거울지라도
풀피리 입에 물면
무릎으로 받치는 한시름
내리는 비보라*도 웃고 있네

* 이시락 : 이삭의 강원도 방언
* 비보라 : 세찬 바람과 함께 휘몰아치는 비.

허수아비

울음 털어 낸 빈 가슴으로
달빛 가리는 구름을 안았어.
들판 끝자락 저만치 있는 거리

휘감아 도는 갈대 수풀
그런 춤사위에서
부엉이 눈에

달 하나가 더 빛나고 있어.
밤에는 동래 학춤처럼
춤추는 그대는 도대체 누구인가.

극복, 여름고비

휘청거리며 지친 속옷
탄다 그늘에서 내 살이 탄다

안경도
얼마나 땀을 흘리는지
코가 무너진 여름이다
눈썹이 주저앉아 배설을 한다

밤새
마디마디 내려앉아도
아침이
만세 하는 두 손을
번쩍 들게 한다

너는 나를 찾는 메신저
오직 하나를 위해
땀방울이 뛰는 것을 본다

참빗

검붉은 빛깔
숲을 가르던 그날

달콤한 햇살 향기
날아온 무지개

부드러운 손길 사이로
날이 선 대나무가
훑고 지나가면
짝지은 고운 나비도
찾아와 앉았는데

하얀 눈이
펄펄 날리고 있네

손거울을 보면

손거울은
너와 나의 미소로
가벼웠네

장미 수국 백일홍
라일락꽃 안개꽃 초록빛살
진한 립스틱 바르네

내가 그날 지각한 날
꽃 그림자 동그라미
웃음소리가 아직 들리네

추수 끝물

햇살이 햅쌀처럼 쏟아져 내리네
뒷집 물방앗간 폭포소리는
고단함을 막걸리로 걸러
한 사발 달콤하게 마시는 소리하네

뒤돌아보면 안 되지
갈라진 논 안 귀퉁이
멧돼지가 해작질한 안타까움
가슴이 탄 손끝에 피멍마저

말하면 안 되지
끝물에도 저 햇살 있잖아

간밤 별들도

옹달샘을
찾아 헤매다
만난 반가움에
두 팔 벌리고 엎드려 본다

하얀 바위도 있고
나룻배도 떠 있고
고운 눈동자 나에게
살며시 입술 끌어당기려 하네.

쏟아진
간밤 별들도 웃어대네

그림자를 보고 싶다

천국도 지옥도 아닌 곳을 헤매는
눈앞에 숨소리

억센 바람에
뒹굴다 밟힌 엉겅퀴꽃 사이로
오르는 언덕
내 걸음에 그림자 없네

고갯길에
너덜대며 떠나지 않는 구름

한 줄기 작달비가
삼키고 가네

한 마리 새가 되어

끝없이 파내려 간
돌부리 밑에서

나뭇잎들의
웃음소리 들리네

가장 비틀어진
새끼손가락을 들고
날갯짓하는 새를 그리다

바랜 가슴이
금세 올라앉네

높이 날지 못해도
날아 보고 싶어

한껏 날아 보고 싶어

높이 날지 못하더라도

바람살에도

움츠리지 않는다
동그라미를 위해
가슴을 동인다

해를 본다
가려진 빛 찾아
놋그릇을 닦는다

피멍 든
홀앗이 손은
쉬지 않고 절구질한다

손끝에 봉선화가 필 때까지

한내천에 사는 눈웃음

휘감기는
창백한 갈대숲으로
파란 봄 담아 편지를 쓰네

눈웃음치는
나비 손을 잡고
괭이밥 콩제비꽃도
마주 보고 사네

맨발로
한내천을 품에 안고 가다
지 물살에 빠지는 청둥오리 웃음
날아오르는 것 보게나

대나무 숲길에서

바다가 그립다
파도소리 들린다

눈동자로 밟아 본 자갈밭은
온통 낙엽의 웃음소리다

돌아오지 않는 날을 찾아
대나무 숲길로 간다

뒤돌아보지 않고
허공을 날아가는 새떼들

아~
내가 그리운 그날
바로 그날이다

원당샘 은행나무
– 지정보호수 제1호

침묵을
내게 가르쳐준 것이
오직 참고 견디라는 것이었지
구백년 살아온 참 모습이었어

눈빛만 봐도
곁에다 앉혀두고
물소리 따라 달래던
네가 나의 진정한 친구였어

하는 말 무조건 다 들어주고
나의 자존심 건들지 않던 친구
이제,
찾아가 기쁜 말 하려는데

너무 멀구나… 고향에 와서 살다 보니

사직동 향나무
– 서울1~30 보호수

250년 살아온
의연한 자태 품은
그 향기가 꽃을 피우네

빗소리가 커질수록
더욱 장엄하네

아직도 향불
피우는 향나무는
비바람 앞에서 굴하지 않네

덩그러니 서서
하늘 지키네

그루터기

춤추던 가지
잎새가 그리워 찾아오는 새

뿌리 내린 양지꽃
눈웃음 보네

따뜻한 가슴
푹 파인 흉터에
맑게 피어나 환하게 웃고
빛바랜 몸에 두 손으로
가득한 향기 채우고 있네

언제나
자기 상처를 일러주는 그루터기

돌림병

하늘을 열어두고
바람이 돈다

들키지 않으려고 몸을 숨긴다

눈앞에 보이지 않는 것이
소리도 없는 것이
줄을 세우고 또 갈라놓고

벽 하나 사이 두고 별리도 한다

피 끊어지고
요동치는 비명
마스크 한 장에 목숨 맡기고
번지는 들불처럼 한탄한다

쏟아지는 눈물 그대로
내버리듯 두고 간다

꽃이 지는 날에도

흔들리는 그림자
이슬에 숨기고
쏟아지는 빛
안고 핀 꽃송이

나비 춤사위에
미소 던지네
달아오르는 얼굴
목마름에 시달려도

훈훈한 가슴
향기 깨문 입술
맑은 눈동자의 웃음
클로즈업 되네 그리운 날들

제4부

금빛쟁반 해바라기

백 평 텃밭
해바라기 군락

너보다 내가
먼저 웃었네

모여드는 구경꾼들 앞
금물결 속에 새까만 씨앗
내 젊은 날의 눈동자 보았네

오!
금빛쟁반 해바라기 꽃이여

벌써 성근
내 머리 가르마를
손질하고 있네

노루귀꽃의 웃음소리

척박한 곳에서 짓눌린 고통
비바람의 상처를
모두 껴안고 웃네

바삐 가던 해도
꽃잎에 앉아
따스하게 어루만지네

내딛는 발자국에
웃음 꽃 피어
산 메아리도
웃음소리 속으로 들어가네

꽃이 피는 수수께끼

빈틈없이 피어도
부딪치지 않는 꽃
오롯이 전하는 사랑의 미소

시샘 없이
꽃자리 다듬어
고운 꽃잎끼리 껴안고 있네

흩어진 퍼즐 맞추듯
어두운 신작로에 내리는 빛살
매서운 바람도 녹여주네

마지막 한 잎마저
어쩌다 웃는 얼굴
어찌 봄날만 남겨놓고 뒤돌아볼까?

벚꽃

햇살은 눈웃음 속을 향해
향기를 뿜어대네
어쩌면 내 젊은 날의 향내

어디서 날아왔는지

직박구리 새마저
노 젓는 소리로 송이송이 껴안듯
나에게 묻고 있네
꽃물결에 배 띄우면서

하늘 닿는 수평선
봄 끝자락까지 앗아
꽃눈 마주 보기 날갯짓할 때마다
휘어지는 불꽃놀이 내 웃음보네

벚꽃축제

바닷가 바다 속에
벚꽃이 피어

꽃을 찾아든 벌 떼
부둥켜안고 입맞춤하네

까치복이 불어주는 팡파르에
치맛자락 날리며 우뭇가사리 춤추고
문조리 쫓아가는 전갱이가
문어 눈에 사로잡히네

터지는 폭죽
벚꽃의 함박웃음
바다는 언제나 이벤트 축제하네

맺히는 봉오리 눈에 밟혀

뜻밖에도
흑장미 꽃이 피어
가시도 없이 찔러대네

향기도 없고
꺾이지도 않는 꽃
맺히는 봉오리 눈에 밟히네

하릴없이 기다리는 찬바람 때문인가

내 눈물 알고
절기 없이 핀 너는
겨울에도 웃음 잃지 않네

그래 저승꽃아
너만 보면 더 살고 싶어

목화밭에는

줄어드는 날
매만지며
꽃잎 속에 든
새가 되어 노래하네

바람 없이
목화밭에 날아다니는
가녀린 어머니의 숨소리
외롭네

허공에다 그린 보름달은
그믐밤 밀어내는데
눈치 없는 날들은
속초 앞바다처럼 뜀박질하네

아카시아 꽃향기에 취하다

다가갈수록
검은 머릿결에
달음박질해 오는
흰 머리카락이
저리 곱게 보일까

날리는
여인의 치맛자락에
홀리듯 찾아간 산어귀
내 외로움을 본 새 한 마리
꽃향기 떨어뜨려주네

향기에 취한 나의 미소
아카시아꽃이네

칡꽃이 필 무렵

돌고 돌아
빛 찾아가는 길
가시덤불 헤치고 가네

넝쿨에
껴안은 향기
거친 비바람에 굴하지 않네

척박한 땅을 적신
눈물은 마중물
흔들리지 않으려고 옥죄는 뿌리
깊어만 가네

해를 안고 피어난 칡꽃
짙은 향기를 날리고 있네

목화꽃이 지면

툭툭 터지는
아픔을 이겨낸 경계에서
밤을 밝히는 환한 지등

입술에 깨물고
참아온 꿈
속초 앞바다 그날 웃음 못 잊어

보름달도
잠시라는 것을
꽃잎이 지면서 가리키고 있네

쑥부쟁이

하늘 한쪽 가린

구름 그리다

수숫대가 붙잡고 선

그 비탈길에도 서로 기대고

살아온 날들의 일기장 읽듯이

빤히 나를 쳐다보는 지금

햇살보다

먼지 눈웃음치네

내 아쉬운 곳 묻고 있네

진달래꽃

앞산을 거닐며
고운 얼굴로
달아오르는 꽃을 보네.

봄 그린 하늘에
발걸음 재는 웃음소리

예쁜 꽃잎이 다 질 때까지
바람이 전하는 웃음 떨림 아는지
석별도 아쉬워 반기고 섰네.

먼 길 날아온 되솔새 손잡고
구름마저 눈물방울 닦아주는가.

산토끼꽃

곱게 간직한
아름다운 이야기로
피어난 꽃

눈보라 이겨낸
산골 물소리로 다듬다
여기서 들키고 말았네

떨리는
저 가녀린 입술에
견딜 수 없이 울음 하는 바람이
또 내 그림자 알고
산봉우리 능선을 넘어 서네

백목련

그 산 아래에서
긴 머리 돌려 묶고 떠나오던 날

쏟아지는 눈 속에 파고들던 미소
눈시울에 걸터앉아
가슴을 녹여준 꽃

하늘이
햇살을 바람에 담아
열린 꽃잎 속속들이 모닥불 지피네

누군가 저승길 닦는
하얀 길 베 손잡고 씻김굿 하네

기억해 준 사랑은 잉걸불

열여섯만 챙겨
꿈 찾아 차디찬 벌판

가던 길은 한나절
돌아오는 길
오십 년 그 끝이 보이네

기억해 준 사랑은 잉걸불
마주치는 웃음
가지런히 모아놓고

내 유년
…하얀 운동화 보네

인동꽃

얼음 바위를
안고 녹이려는 따뜻한 가슴

햇살 한 조각 물고 온
동고비 등에 업고
꽃잎 속에 든 눈망울 키우네

내 미소 담은 입술에
뜨거운 향기
이슬이 주름잡은
초록치마 매무새
지나는 바람도 곁눈질하네

달맞이꽃

온몸에
핏줄 세우고

가득 넘치게
담아내네

터질 듯한 가슴 맞대고
더운피 환한 웃음 밝혀주네

다 주고도
내리는 어둠에
나를 밝히고 있네

더덕꽃

쉬면 안 돼
힘들면 빙빙 돌아서 가더라도
저 끝까지 올라가야 해

달을 숨겨둔 비바람도 이기고
흙을 달구는 뙤약볕도 견디며
여름이 길어도 좋아
꼭 나를 닮은 향기
꽃으로 피어
지친 마음들 쉬어가게 할 거야
열매가 맺혀 익어가기 전에

겸손하게 핀 내 모습을
기억하게 하고 싶어

꽃바람

환하게 핀 웃음
바위에 앉아 놀고

참꽃마리 꽃 치마 둘러 입은 산
불러 모으는 새떼 소리

꽃잎 떨어질 때
그리워 울고 울던 산바람
귓가에 맴돌 때는 꽃바람이네

바위자리에
다시 찾아온 웃음
더듬는 손끝에 지워진 옛일
구름이 지나치려다 보듬어주네

제5부

다시 만남

- 40년 만에 재회

더듬바리가 수없이 되뇌이는
몰구리 문디고개 땅꼬랑 여시고개
듬바꼴 항북목 벅수꼴 정당새미
까까중머리 바가지머리
눈감고 그리던 동창생들

이름이 반가워 그때처럼 뛰며
눈이 몰라봐도 소리치고 부르네
귀가 뻘떡 일어나 끌어안는 목소리
변하지 않은 건 목소리뿐이네

살그머니 내민 새치 숨기며
꼬리 무는 40년 이야기
다시 또 볼 수 없는 친구 소식은
웃음 속에 핀 눈물 토영가오리연으로 뜨네

모치기 때기치기 땅따무끼 찍개차기
통영 앞바다가 먼저 나서고
친구 따라온 손자 녀석도
40년 옷깃을 만지며 함께 웃네

* 2009년 통영시 69행사 만남

풍경을 그린 방
– 통영나전칠기 십장생을 보고

나래짓하는 학의 기품
뛰노는 사슴이 올려다보고

두근대는 발걸음
그 속으로 걷고 있네

또 바람 따라
대나무숲이 집적거릴 때
바위에서 달은 소나무와 장기를 두네

구경하러 나온 거북이 한 쌍
시치미 떼다 도래질 웃음치네

수평선

그물 꺼내들고 바닷물 때를 누가
거미줄 친 너머에서 끌어당기는지
수평선이 내 눈동자 속으로 다가오네

아! 그렇구나 오늘 물때가
허리춤에 감기는 여섯 물이네
한껏 던지는 그물망이 팽팽해지네

치솟고 뛰는 도다리 노래미 뽈락 참돔들
가오리 나비춤 저 파도도
내 배꼽물살 잡고 웃을 때
갑자기 무지개로 서는 수평선

통영 앞바다

껴안아 본다 내 유년의 푸른 날개로

한없는 지조志操 기둥으로 서 있는
꼿꼿한 세병관 충렬사

왜구를 격파한 충정으로 갑옷 벗고
긴 칼날에 적의 피 씻고 있는 해갑도解甲島*

남망산마저 갈매기 떼 불러 모을 때
하얗게 타오르는 파도둘레 언제나
해국화 웃음으로 강강술래 하는
그리운 이들이 사는 통영 앞바다
영원한 나의 요람지

호박단치마 입은 구름다리 반딧불다리
내 스카프 더 펄럭이게 통영오광대놀이

그네 뛰고 줄넘기도 하네

* 해갑도解甲島 : 여기서는 현재 지명 해갑도蟹甲島가 아닌 이공 순신 장군
이 칼을 씻었다는 일설도 있음.

바닷새

듣고 있다
바다가 지휘하는 오케스트라를

파도 입술에 앉아
설레는 가슴이 날아오른다

보고 있다
하늘도 모르는 내 푸른 꽃밭

꽃무리에
눈빛을 보내며 돌고 있다

등에 업은 햇살 주고 싶어서

바닷가

다 닳은 손을 봤을까

올실 틈새에 끼인 상처까지

파도가 꺼내

지치도록 두들겨 헹구어주네

모르고 묻힌 땟국

속고 속아 묻은 때

지워지지 않고 가슴만 패이도록

이젠

내 넋두리마저 앗은 바다가 앓고 있네

서덜에 가면

아프지 않아
발에 밟혀도

거친 비바람
다 이겨냈잖아

너는 하얀 꽃
빨간 꽃으로 피네
새까맣게 피어난 나도 꽃이야
외롭지도 않아
맑은 새소리 들리잖아

밤마다 찾아오는 눈동자도 있어

바위를 읽다

토왕성 폭포처럼
내려선 바위는
막힌 가슴 뚫어놓고
무지개 꽃 그려주네

앉으면 앉은 대로
누우면 누운 대로
침묵 하나 걸치고 우아한 자태
아스라이 보여도 변함없는 모습
오봉으로
암수 마이봉으로
미륵도에 있는 장군봉으로

올라 보니
여기에 비상하는 내 날개가 있네

태풍 오마이스

불어대는 틴휘슬 소리에
징소리 꽹과리소리
아우성치네

고삐가 풀려
날개를 달고 모두 날아가네
한바다는
찢어진 깃발처럼 펄럭이며
한탄을 마시다 토해내네

묶인 배들의 몸부림 곁에
부지섬 숭어 떼는
하늘만 보고 뛰네

갯바위 드럼소리

바위 잡고 웃는 우렁쉥이꽃
갈대처럼 날리는 은빛 풀치 떼
화려한 달갱이가 발레 하는 이곳은

떠돌다
마디마디 질렀던 비명
숨 막히던 목마름
헝클어졌던 길까지 추스르게 해 주네
희망 날개를 펼친 갈매기의 원무
시원한 갯바위 드럼소리…

그림자 잡은 해는
자맥질하는 나를 껴안아주네

내 가슴에 안긴 새

길은 걷고 있지만 동작이 멈춰 서는 순간

이름 모를 어린 새가 내 가슴에 안겼다
아! 이럴 수가~

풀썩 안긴 채 낯가림도 없이
젖가슴에 대고 비비니
냉정해질 수가 없다
뜨거운 체온의 앙탈
손끝이 전해준다

가쁜 숨 쉬며
눈동자에 들어가
나오지 않는 나를 바라본다

같이 날 수 없기에 찡한 이별

열 발가락 세워 가로수 가지를 잡아채

올려두니 포르르 날다 앉는다

* 2021년 7월 초순경 도남동 발개 산책길에서 실제로 순간 안긴 어린 새를
가로수에 얹어 놓았지만 그 뒤로 생사는 알 수 없다.

웃었다, 비둘기 때문에

머리를 가득 채운 고민을 밀어내고
반듯한 횡선
몰라도 되는 일이 나랑 동행한다

두 줄이 눈에 띤다
이 줄이 뭘까?

가로수 뿌리의 몸부림인가
불쑥불쑥 고개 든 보도블럭
고칠 수 있을까? 못 고치면 어쩌지

터벅터벅 돌아
갈피도 허탈한 눈길
제 멋대로 돌다가 위를 쳐다봤다

그리고 그냥 웃었다

두 개의 전깃줄에

빼곡하게 앉은 비둘기 떼 그거네

날아다니는 연꽃
− 통영케이블카

내가 하는 말에
고개도 끄덕이고
때로는

아니라고 도리질도 하며
맑은 새들의 노래에
앞서거니 뒤서거니 하다

미륵산 꼭대기로
날아오르는 곤돌라
저 연꽃들 봐라

부러워서 그럴까!
내 꿈을 심어둔 곳
바다도 내 꽃자리를
반짝이게 펴고 있네

소금을 볼 때마다

비틀어진 돌계단 길
먼데 꼭대기
맨 끝에 외갓집 하룻밤

자고 일어나자 챙이 씌우고
아랫집에 갔다 오라네.

타그닥 타그닥 계단을 내려
마당에 들어서자 쳐다본 아지매
주걱으로 뺨을 때려
허둥지둥 울며 뛰었네.
내 동생이 태어난 다음날이네.

소금을 보면 생각나는 외갓집
고개 든 그리움이 호박줄로 뻗어
놀라면 둔덕 가는 뱃머리가 다가왔네.

먼눈 두고

보고픈 마음
눈물에 담아
속삭이던 목소리랑 숨겨서 보니

이별이 아닌데
이별이 되어
허공을 안고 살고

혹시 나를 잊지 못해 찾아올까 봐
우룩개 길 따라 걸어올까 봐
먼눈 두고 서성거리고 있네

나를 잊었을까!
이 길 우룩개를 잊었을까?

봉숫골 고목

자네 뒤에 숨겼네

책갈피에 넣었던 단풍잎
빙그레 웃고 있네

앉았던 그 미소
그대로인데
뛰던 가슴은 어디로 갔나

돌아오지 않는 방울새
기다리는 자네는
아직도 손짓만 하고 섰는가

봄 도다리쑥국

도다리 쑥국이 끓고 있네 아지랑이 속에
피는 웃음꽃 맑게 흐르는 물소리 들리네
날아드는 달콤한 향기 어머니 젖 냄새를
후루룩 둘러 마시고 있네 숟가락 사이로
쑥국새 소리가 나네

아니야, 이젠 컴맹 아니야!

그믐밤이네
너무 깜깜하네

어둠을 긁으며
숨어버린 빛 찾아 나서네

따라다니지 못하는
눈동자에 물을 끼얹고
굳어진 손마디에 통사정마저
할 수 없다는 말도 삼켰네

손끝에 매달려 씨름하는 긴 밤
홀연히 스며드는 여명을 보네
찾았다! 희열 앞에 네가 보이고
소리치는 손끝이 숨넘어가네

이제는 정말 컴맹 아니야!

딱따구리

눈부신 햇살을 따라갔다

사각사각 사각 톱질을 하고
탁탁 탁 망치질도 하며
집 짓는 소리가 가까이
들리다가 뚝 그쳤다
보이지 않는다

소만큼이나 무거워진 몸
나를 안고 누운 신음도 바싹
바싹 타서 들어가는
어금니로 물고 외로움에 매달려
이리저리 다른 곳을 찾아
날아갔다 다시 날아온 자리 두고

집에 와서는 허전한 옷을 벗는다.

움직임을 낯설게 형상화한 시편들

차영한 (시인 · 문학평론가)

움직임을 낯설게 형상화한 시편들

차영한 (시인 · 문학평론가)

1.

다수인들의 주장 설 중에서도 시는 움직임에서 비롯된
다. 비로소 감춰진 언어로부터 다양하게 다가온다. 그러
니까 시는 오는 것이라는 일부 주장 설에 동의한다. 그

움직임은 말보다 몸짓이다. 그동안 잃어버린 낯선 자신을 볼 수 있다. 시가 온다는 말은 오는 것이 아니라 나타나는 것이다. 이때의 시점은 자신의 몸이 움직이기 때문이다. 여기서 온다는 말은 받아들이는 자신을 본다는 결과물이다. 자신의 온몸이 자신을 투영한다. 온몸이 후끈할 때 보이는 것이 1인칭이다. 아직도 시는 1인칭이 유효하다. 시의 주소가 자신의 온몸이 12만 킬로미터나 된다는 실핏줄에서 요동치는 것이다. 바로 객관적인 우연성이 살아서 형상화된다. 낯선 대상들로써 자신의 발걸음으로 다가오는 것을 볼 수 있다. 그러므로 시는 그림자가 없이 존재한다.

이미 비상하는 새의 날갯짓을 본다. 시의 상상력이라 할 수 있다. 타자들은 보지 못하지만 자신은 새로운 세계를 날고 있다. 아름다움을 만끽한다. 아름다움 안에서는 반드시 열매들이 주렁주렁 흔들리는 것을 볼 수 있다. 시의 날카로운 눈매가 나를 가만두지 않는다. 끌어당기는 내 몸을 내가 만져 보는 것이다. 언제나 뜨끈뜨끈한 맛깔이 나를 유혹한다. 내가 내 자신을 먹는 것을 본다. 일체에서 부활이 아니라 새롭게 탄생하는 불덩어리를 본다. 그냥 바라봄이 아니라 바라봄이 나를 향해 끝없이 손짓한다. 충족되지 못하도록 배고픔은 더욱더 고통스럽게 한다. 그래서 시인은 강렬한 어떤 마법에 사로잡힌다. 그 고통에서 깨어나지 못한 채, 자신을 만나면 시는 달아난다. 따라서 수박 겉핥기에서 남의 시와 유사해진다. 요새는 남의 이미지까지 끌어당겨놓고 자기 것으로 오인한다. 한마디로 모든 글들은 이미테이션에 그치는 경우가 많다는 뜻이다. 이 말은 한계점을 뛰어넘지 못한 채 좌절한 상태에서 설익은 낙과일 수 있다. 오늘날의 시는 한계점에서 자신을 잃고 남의 울타리를 엿보다 우매해진다. 패러디마저 해괴하다. 특히 시작품은 더욱 그러하다. 다시 말해서 독창적인 개성이 없다는 것이다. 모든 작품은 공감대도 중요하지만 낯선 얼굴이 나를 매혹해야 한다. 그 관심이 나에게로 와야 한다. 요새는 오감이니 육감이니 하지만 개성시대일수록 낯설어야 한다. 참신하게 번뜩이는 작품이 독자층을 두껍게 한다. 전혀 다른 기법이 조금이라도 작품에 묻어 있다면 관심은 집중된다. 그렇다면 조혜자 시인의 첫 시집에서 만나는 시들은 한 마디로 아직 풋풋하다. 그러나 필자가 주위에서 인식한 시들 중에서 하나하나 살펴보면 솔직하고 담백한 몇 편이 눈에 띈다. 일상적인 시어들이 매력을 창출하는 대목이 눈에 띈다. 그가 걸어온 과거가 아니라 그가 살려고 몸부림치는, 다시 말해서 일어서려는 결연한 에너지들이 필자의 인색한 시평을 허락해 줘서 다행이다.

2.

　살아갈수록 대상들을 대하다 보면 낯설어 보인다. 역시 낯설다는 말은 익숙한 내가 낯설기 때문이다. 이미지의 기만들을 만난다. 시작품도 그렇다. 조혜자 시의 세계는 내가 생각치도 않는 시의 이미지들이 강원도 하늘에서 날갯짓하고 있어 다행이다. 앞에서 지적한 과거를 통해 현재가 아니라 미래를 향한 시세계를 펼치려는 꿈을 볼 수 있다. 언어 기법도 낯선 것이 더러 있다. 시의 호흡은 짧아도 긴 호흡의 여운이 독자에게 감칠맛을 주고 있다. 무서울 정도로 전혀 다른 이미지들, 강원도의 미시령 이미지들을 굴리고 있는 것 같다. 본래 고향인 통영에까지 줄기세포를 잇대고 있다. 깊이 살펴보면 그의 피울음 소리가 전혀 다르게 형상화시킨 대상들이다. 오히려 쾌청한 날씨를 짚어 쓴 메모들이라 할 수 있다. 그 메모들이 청량한 눈매를 굴리는 것을 볼 때 죽음 앞에서도 삶이 좋아해서 저렇게 날갯짓하는 것일까. 근황에 알았지만 그가 교통사고로 죽었다가 살아난 이후 시인이 되기까지 잊을 수 없는 한 친구 도움에서 통영이 그의 둥지임을 재확인한 것 같다. 조혜자 시인은 늦게 시단에 나왔기 때문에 항상 걱정이 앞서고 앞날의 꿈알이 쭉정이 아니기를 바랄 뿐이다. 그렇다면 그의 시 몇 편에서도 언어의 간결성과 이미지 전달성이 선명함을 발견할 수 있다.

무엇을 담았냐고 누가 묻는다면
대답 한마디 해 줄 수가 없네

한 짐은 회억이 담아져 있고
두 짐은 돈 없을 때 힘들게 산 것이고
세 짐은 앞으로의 계획을 담고 보니
남들 눈에는 보잘것없지만
한 짐 두 짐 또 한 짐을 다시 동여맨다

만나는 회오리바람 속에서
모든 것이 다 날아가도
나를 지키며 따라다닌 나의 힘
그 힘 속에 영원한 스승도 함께 있다

어떻게 살아왔는지
어떻게 해야만 살아갈 수 있는지
짐 속에 든 힘이 나를 가르치고 있다

—시 〈짐〉, 전문

위의 시는 관념적이고 진술하기 때문에 일종의 진술서 같다. 누구나 쓸 수 있는 시작품에 불과하다. 새로운 맛이 없는 것 같지만 깊이 살펴보면 시가 갖는 의미는 강렬하다. 이 시를 내세운 것은 그가 살아온 고비를 필자가 독자층에 소개하기 위해서다. 그가 시의 제목을 대담하게 단 것은 그가 줄기차게 살아온 눈물 젖은 짐, 다시 말해서 누구나 겪는 이러한 시련을 시로 표출하려 하지만 주저해 온 언어의 대담성을 발견했다. 누가 지도한 흔적도 없이 스스로 피와 살이 움직인다. 프랑스의 철학자 가스통 바슐라르(1884~1962)의 물이 흐르고 있다. 시의 행별 중에 "나를 지키며 따라다닌 나의 힘/(중략)/ 짐 속에 든 힘이 나를 가르치고 있다"에서 이 시작품은 되살아난다. 모두들 말할 수 있는 대목을 대치론적으로 증언하고 있다. 죽음에서 되살아난 생명력의 몸부림이다. 잿더미에서 날아오르는 불사조를 연상할 수 있다. 시작품 〈빗소리에 울음을 넣어〉를 접하면 절절한 그의 살아온 이야기를 가로 막아서도 내가 우울해졌다. 너무 애절해서 나는 그의 슬픔을 토로하지 못하도록 꾸중했다. 그 자리에 머물면 시는 죽는다고 했다. 그래도 그는 그의 시 〈허수아비는〉에 나오는 "또 거친 바람이/ 한 벌뿐인 옷마저도/ 벗기려하네"라는 대목에서 교감이 울컥했다. 그래서 그의 시는 솔직해져서 그 의미가 명료하게 전달되고 있다. 그러나 필자의 욕심은 시는 생각(mind)과 감정(filling)을 표출하는 것이 아닌 것으로 본다. 상관물이 갖는 애매모호성을 갖고 낯설어야 시의 생명력으로 본다. 그 깊은 트라우마의 미시령 고갯길에서 동해를 바라보며 머물고 있어서는 안 될 것이다. 그동안의 지도편달은 나 혼자 있을 때가 더 막막했다. 그러나 끝까지 배우겠다는 열정에 나 역시 혼신을 다했다.

> 뜨거운 찻잔을 후우 후 불어가며/ 한 모금 또 한 모금 마셔 본다// 비워진 찻잔을 만지작거리면서/ 조용한 소리로 얘기도 하고 싶어/ 들어주는 이가 내 눈을 마주할 때/ 그의 눈물이 보인다// 녹아내리고/ 닳아서 없어지고/ 관심 밖에 서 있는 얼굴// 이제는 주름만 보인다
>
> ─시 〈주름진 얼굴〉, 전문

이 시를 읽으면 자기 자신의 얼굴 주름이다. 시의 기법이 메타적이다. 마치 상대자를 끌어들여 서로 대구對句하는 성숙한 대목을 보았다. 그의 시력을 과시하고 있는 것 같다. 아주 평범한 데서 일궈낸 옛날 재래식 온돌방의 구들장 같다. 어디서 본 낯익음의 낯선 작품이다. 중견 시

인들의 뺨을 칠 수 있는 가작이다. 아이러니가 있다. 동기부여도 좋고 시의 의미심장한 맛 또한 중후하다. 서술을 생략할 줄도 알고 시어들을 툭툭 잘라내어 갖다 놓는 기법이 농숙濃熟하다. 다시 주목해 보면 "들어주는 이가 내 눈을 마주할 때"를 테크닉한 것은 대단하다. 시는 이렇게 서사구조를 내세워 마치 2명이 있는 것처럼 형상화하는 등 모호하게 전개해야 생명력을 갖는다. 또한 숨기는 유머도 있다. "뜨거운 찻잔을 후우 후 불어가며"에서 애달픈 삶에서도 여유가 웃음으로 날고 있다. 바로 이런 것이 시가 되는 것이다. 시가 다가온 것이지 시를 억지로 낚아챈 것은 아닐 것이다. 이런 시를 읽도록 보여줄 때 그녀의 필명은 '선연'이라 할 수 있다.

그가 일찍이 필명을 가졌더라면 인생사는 바뀔 수도 있었을 것이다. 지금 활달한 몸짓은 그의 필명으로 재생하는 것 같다.

산들이 하나하나/ 돌아서 나가고/ 강물이 산 하나 앞세우네// 죽을 만큼 힘들어도 다시/ 일어서 걷고 그 대답 대신에/ 내가 걸어서 꽃을 만나 보나니// 지금 내 곁에서 잘 자란 목소리/ "엄마, 내가 엄마 사랑하는 거 알지?"// "응, 그래, 나를 닮은 책 한 권 속에/ 너를 사랑한다는 전부를 읽어 보면 알아"

—시 〈대답 대신에〉, 전문

　이 시를 감상하면 참으로 따뜻한 품안의 시다. 모성애를 아낌없이 쏟아내고 있다. 아들 하나 때문만이 아닌 것 같다. 그녀의 모성애는 모든 어머니들이 갖는 천성을 내세우면서 자신의 심중을 토로하는 것 같다. 그렇다면 현재도 어머니들이 있기 때문에 지구가 살아있다. 지구는 어머니 그 자체다. 우주에 유일한 하나는 곧 신이요 신은 어머니일 수 있다. 여성이라는 성별 이전에 그들은 신으로 존재한다. 어머니는 언제나 지구상에서 지구로 형상화되어 있다. 어머니가 지구를 사랑으로 만들었기 때문일 것이다. 이 지구의 생명을 어머니가 탄생시켰기 때문이다. 어디를 가도 내 눈에는 어머니들뿐이다. 위의 시에서 응축시킨 몇 마디 "엄마, 내가 엄마 사랑하는 거 알지?"// "응, 그래, 나를 닮은 책 한 권 속에/ 너를 사랑한다는 전부를 읽어 보면 알아"에서 이 시가 갖는 힘은 참으로 울림하고 있다. 그래서 여성 시들은 일상들의 속살을 뽑아내는 작업이 대부분이다. 그 중에서도 조혜자 시 세계는 자기의 심중을, 아니 이 지구의 옴파로스임을 뚜렷이 고백하고 있다.

동해 바다 보기 위해 펼쳐진 절경/ 수십 폭이 겹쳐지는 동양화/ 쏟아지는 폭우 속에서도/ 가파른 숨소리로 그리는 입체화// 미끄러져 나무에 걸린 자동차/ 그 아래로 껑충껑충 뛰는 고라니/ 거북이처럼 끽끽 기어오르는/ 승용차도 엉덩이를 하얗게 털어대네// 이게 웬일인가 미시령 하늘이/ 둘로 가르고 있네/ 새소리가 산토끼를 쫓을 때/ 내 머물던 아늑한 속초 하늘이/ 닿는 바다를 그려주고 있네// 아! 파노라마 보랏빛 풍경 위로/ 그림자 없는 해가 묵묵한/ 울산바위 등을 밀고 있네

　　　　　　　　　　　—시 〈미시령 고갯길〉, 전문

　네 편 시작품에서 공통점은 치열한 삶을 죽음의 경계로부터 탈출하려는 몸부림이다. 과거와 현재가 나타나지만 그의 미래를 향해 일어서려는 투지력은 과거와 현재를 극복하고 있다. 위의 시제 〈미시령 고갯길〉도 험준한 가운데의 고난도를 극복하려는 시詩는 마치 흰빛이 프리즘을 통과하는 풍경이다. 빛의 입자들이 파동하고 있다. 이러한 극기克己정신은 그의 철학인지도 모른다. 강인한 정신으로 자신을 미시령으로 형상화했다. 험준한 고갯길에서 보는 삶의 현장 곧 자신의 숨 가쁜 여정 그렇게 살아야 살아남을 수 있는 자신 속의 삶과 죽음 충동을 동시에 유비시키고 있다. 주목할 대목은 "그림자 없는 해가

묵묵한/ 울산바위 등을 밀고 있네"라는 데서 어찌 해가 그림자가 없겠는가. 세상은 한마디로 그림자인데 화자가 그림자 없는 해가 되어 울산바위를 민다는 것은 억척아줌마다. 고진감래하는 극복정신보다 열심히 살아온 피눈물로 그림자를 지우는 기법은 예사롭지 않다.

2-1

조혜자 시인은 그 극난의 시대를 지나 이제는 고향인 통영으로 귀환했다. 만감이 교차하여 평범한 삶에 대한 심지 불을 북돋우고 있다. 고향 불빛을 사랑하고 있다. 발개마을(옛 강산촌, 도남 2동)에서 열심히 살고 있는 것으로 안다. 생활력도 강하지만 학구열이 누구보다 줄기차다. 여자의 결연한 의지력은 참월도斬月刀와 같다. 찢어진 얼굴을 꿰매 회복과정에서부터 온몸이 불편해도 울지 않고 오로지 일념으로 시 창작에 몰두하는 모습은 비범하다. 어찌 보면 강원도 속초 바람으로 단련된 옹골진 참나무와 같다. 촉각적인 관점들이 곡선으로 미시령 고갯길에서, 때론 대청봉에서 인수봉의 참수리가 되어 자기를 토해낸다. 편편片片 시들이 원뿔로, 포물선으로, 타원형으로 날갯짓하고 있다. 빛을 내뿜으려 할 때 자기와 싸우고 있는 '그림자'를 응시해 보고 있다. 그러나 잔꾀가 없이 통영 사람의 순박한 정리가 물씬하고 따스하다. 처음에는 '그루터기'로 보였으나, 하나하나 당찬 통영 딸임을 발견했다. 고향에 대한 시에서 그가 감싸 안는 자세는 참수리 깃털보다 더 포근하다. 지언知言하는 역량 또한 돋보인다. 급속도로 변화하는 현재에도 뿌리를 찾는 작업 또한 남다르다. 과거로의 퇴행이 아니라 모습을 떠올려 인간성 회복에 중점을 둔 이마고(Imago)를 읽을 수 있다. 그러므로 뿌리를 찾는 것은 우주순환적인 순리 아닌가. 그 숨결들이 모여서 고향의 빛깔이 된다. 포르투갈인 사라마구의 소설 《눈 먼 자들의 도시》에서도 기억이 찾는 우리들의 자아는 서로 연결되어지는 우리가 있다는 것은 격리 수용되어도 인식한다. '눈감아도 보인다'는 것은 시의 세계가 갖는 절대성이다. 그곳이 초현실성이요 본향일 수 있다. 고향은 우리 몸에서 출발하기 때문이다. 꽃이 지는 날에도 내속적인 포괄성이 연결되어 있다. 설령 그곳이 허구적이라도 실재계가 갖는 개연성일 수 있다. 필연적인 허구[fiction]가 우리의 눈물에 닿아 있다. 눈을 감아도 옛집이 보이고 아버지가 보이고 어머니가 기다리고 있다. 우리에게는 늘 불러 보고 싶은 이름들이 살고 있다. 어찌 우리가 기생충만 되어 내 살 먹고 살아 갈 수는 없지 않는가. 우리는 우리의 고향을 그리워하기에 우리가 우리로 남아야 산다. 프로이드는 현재 상태의 원인이 되는 심연의 한 지점이 '원초적 장면'이라 했다. 서로 다르게 겪는 장면에서도 내면 형성에 내가 사는 둥지는 항상 원초적일 수 있다. 사회적 가치에서도 제외될 수 없는 본향이 있기 때문에 그곳으로부터 에너지를 공급받고 있다. 공급받으면 고향에 되돌려 줘야 한다.

> 하지만 지금은 아무것도 없다./ 흔적이라고 찾아볼 수가 없어/ 어디가 어딘지 눈으로만 살피며/ 애타던 그리움은 나랑 울었다.// 아! 그래 저기다 아직도/ 몇 뿌리 대나무가 살아남아서/ 바람을 타고/ 돌아서는 나를 부르고 있어// 저기 대나무부터/ 저쪽 도로까지가/ 옛날 우리 집 뒷담이구나.// 아! 거기에 울타리가 있었다.
>
> —시 〈울타리〉, 전문

누구나 경험하는 실망, 몇십 년이 안 되어도 내가 살던 집은 보이지 않는 변화무쌍에 경악한다. 무서운 장면들이 겹쳐진다. 타자가 볼 때 허깨비가 얼른거린다. 사라져 버린 곳에는 순간의 기억들이 등불처럼 흔들린다. 함동선咸東鮮 시인이 말한 "고향은 멀리서 볼수록 아름답다"는 것과 같다. 고향은 동그라미요 그 원들이 시 속에 살아있다(그의 시 〈굴렁쇠〉). 시간은 냉정하지만 기억은 되살아난다. 심각성에서 붙들고 싶은 충동질과 박탈감은 부재를 고발한다. 그것은 망각 때문이요, 그리움 때문이다. 분노로도 표출이 된다. 그러나 그곳에 영원한 안착도 있다. 이럴 때 시는 한恨을 삭혀 준다. 단념하면서 왕복하는 숨소리를 엿듣는다. 죽어도 시는 죽지 않는 이유가 그곳에 끈으로 이어져 있기 때문이다. 현실을 상실할수록 더 강렬해지면서 나약해지면 네르발이 말한 검은 태양이 떠오르는 멜랑콜리아적인 어떤 병으로도 표출된다. 확장되면 자기의 나라를 향한, 먼 그리움, 즉 페른베(독어, Fernweh)이 된다. 말하자면 나라의 참모습이 퇴조될 때 애국애족정신이 발로되기도 하는 것이다. 이미 발표된 많은 회억적인 시도 조혜자 시인에게는 전혀 다르게 트리밍(trimming)하는, 현실속의 무의식적 환상(Fantasy 아니고 Phantasy)을 끌어들인 것을 볼 수 있다. 비판과 저항정신을 억누른 채 더 진하게 울림을 주고 있다. 아리스토텔레스가 말한 서정시가 갖는 자기의 표출을 상관물을 통해 형상화하는 것과 같다.

2-2

바로 파란 안개꽃이 있던 그의 대나무 숲길 다음 길에

금빛쟁반 해바라기를 비롯하여 벚꽃, 노루귀꽃, 칡꽃, 산토끼꽃, 인동꽃, 달맞이꽃, 더덕꽃, 백목련, 진달래꽃, 아카시꽃들이 강원도의 이미지와 연결되어 있는 것 같다. 속초 바다에 피는 목화꽃은 실제는 없지만, 시인 자신이 목화꽃을 가꾸고 있다. 기억하는 사랑은 하얀 잉걸불로 형상화했다. 속초의 아름다움이 다가오는 것이다. 아니, 남쪽 꽃바람이 되어 강원도 꽃바람으로 환치되고 있다. 다시 만남은 그의 고향과 강원도의 험난한 파도소리가 꽃을 피우기 때문이다, "맺히는 봉오리들이 눈에 밟"히고 있다.

척박한 곳에서 짓눌린 고통/ 비바람의 상처를/ 모두 껴안고 웃네// 바삐 가던 해도/ 꽃잎에 앉아/ 따스하게 어루만지네// 내딛는 발자국에/ 웃음 꽃 피어/ 산 메아리도/ 웃음소리 속으로 들어가네
　　　　　　　　—시 〈노루귀꽃의 웃음소리〉, 전문

빈틈없이 피어도/ 부딪치지 않는 꽃/ 오롯이 전하는 사랑의 미소// 시샘 없이/ 꽃자리 다듬어/ 고운 꽃잎끼리 껴안고 있네// 흩어진 퍼즐 맞추듯/ 어두운 신작로에 내리는 빛살/ 매서운 바람도 녹여주네// 마지막 한 잎마저/ 어쩌다 웃는 얼굴/ 어찌 봄날만 남

겨놓고 뒤돌아볼까?

—시 〈꽃이 피는 수수께끼〉, 전문

햇살은 눈웃음 속을 향해/ 향기를 뿜어대네/ 어쩌면 내 젊은 날의 향내// 어디서 날아왔는지// 직박구리 새마저/ 노 젓는 소리로 송이송이 껴안듯/ 나에게 묻고 있네/ 꽃물결에 배 띄우면서// 하늘 닿는 수평선/ 봄 끝자락까지 앗아/ 꽃눈 마주 보기 날갯짓할 때마다/ 휘어지는 불꽃놀이 내 웃음보네

—시 〈벚꽃〉, 전문

곱게 간직한/ 아름다운 이야기로/ 피어난 꽃// 눈보라 이겨낸/ 산골 물소리로 다듬다/ 여기서 들키고 말았네// 떨리는/ 저 가녀린 입술에/ 견딜 수 없이 울음 하는 바람이/ 또 내 그림자 알고/ 산봉우리 능선을 넘어 서네

—시 〈산토끼꽃〉, 전문

줄어드는 날/ 매만지며/ 꽃잎 속에 든/ 새가 되어 노래하네// 바람 없이/ 목화밭에 날아다니는/ 가녀린 어머니의 숨소리/ 외롭네// 허공에다 그린 보름달은/ 그믐밤 밀어내는데/ 눈치 없는 날들은/ 속초 앞바다처럼 뜀박질하네

—시 〈목화밭에는〉, 전문

그러나 '꽃잎 떨어질 때 그리워 울고 울던 산바람 귓가에 맴돌 때는 꽃바람 되어 바위자리에 다시 찾아온 웃음이 더듬는 손끝에 지워진 옛일 구름이 지나치려다 보듬어 주'는 올 곧은 성품이 선연하다. 풍상에도 꺾이지 않는 영원한 꽃이 된다. 칡꽃 필 무렵에는 '돌고 돌아 빛 찾아가는 길에 가시덤불 헤치고 넝쿨에 껴안은 향기가 거친 비바람에 굴하지 않'고 있음을 보여주고 있다.

삶에서 가장 아름다운 것은 꽃에서 찾을 수 있다. 자연에 피는 꽃을 좋아하는 사람은 그의 전부를 한 눈에 볼 수 있게 한다. 현대인일수록 꽃으로 살고 싶어 하는 것은 아름다움에서가 아니다. 자신을 위로받고 싶어서다. 대화하는 침묵 속을 거닐고 싶어서일 거다. 그 극지점에는 건강하고 신선한 미소가 기다리고 있기 때문이다. 신의 자세는 날갯짓하는 새로도 변신한다. 조혜자 시인은 〈날아다니는 연꽃〉을 보았다. 자신이 '한 마리 새가' 되었기에 꽃을 볼 수 있었을 거다. 그의 시 〈내 가슴에 안긴 새〉가 현실적으로 안긴 새를 보듬고 그 새를 날려 보낸 행복감은 우리들에게는 따뜻한 꿈이 아닐 수 없다. 꿈은 현실 속에 기다리고 있기에 언젠가는 만난다. 그가 그만큼 착하고 정직하게 살아온 징표를 하늘이 감동했기 때문에 죽음 직전에 조혜자를 구했고 시인으로 눈뜨게 하는 공

중에 나는 연꽃을 보게 했는지도 모른다. 실제적으로 공중에 나는 새를 그의 가슴에 안겨 준 현실은 꿈과 현실의 공존임을 입증하고 있다. 현시顯視가 아닌 사실체험을 한 조혜자라는 여인은 운명적으로 시인이 된 것이다. 필자는 그 사실을 듣고 지금도 의심하지만 그런 기적이 과연 일어났을까? 경이롭기만 하다. 그 새의 이름은 딱새 아니면 무슨 새일까?

길은 걷고 있지만 동작이 멈춰 서는 순간

이름 모를 어린 새가 내 가슴에 안겼다
아! 이럴 수가~

풀썩 안긴 채 낯가림도 없이
젖가슴에 대고 비비니
냉정해질 수가 없다
뜨거운 체온의 앙탈
손끝이 전해준다

가쁜 숨 쉬며
눈동자에 들어가
나오지 않는 나를 바라본다

같이 날 수 없기에 찡한 이별

열 발가락 세워 가로수 가지를 잡아채

올려두니 포르르 날다 앉는다

—시 〈내 가슴에 안긴 새〉, 전문

* 2021년 7월 초순경 도남동 발개 산책길에서 실제로 순간 안긴 어린 새를 가로수에 얹어 놓았지만 그 뒤로 생사는 알 수 없다.

위의 시작품은 기법 또한 부드럽다. "(…)/ 젖가슴에 대고 비비니/ 냉정해질 수가 없다/ 뜨거운 체온의 앙탈/ 손끝이 전해준다"에서 활성 언어를 통한 관념들이 지시하는 형상화는 놀랍다. 사실을 꾸밈없이 표출하는 과정에서 암시하는 의미는 더 강렬하다. 순간적이면서 영원한 존재로의 화석이다. "(…)눈동자에 들어가/ 나오지 않는 나를 바라본다"는 대목에서 동일시 현상, 즉 일체감을 형상화하고 있다. 따라서 화자는 새의 눈이 된다. 하나 된 새를 보는 자애로운 모성적 본능의 자발성을 스스로 공감하고 있다. "세상에서 가장 아름다운 눈은 우리들의 생각을 알 수 있다"고 말한 데스노스가 안과바깥 창을 열고 있다. 내면의 세계를 보는 것이 아니고 내면의 시선을 열고 있다. 이 시는 무의식과 꿈을 전제한 대상이 아니다. 언표가 갖는 자신을 보는 것을 표출했지만 사건 그대로를 제시하고 있다. 시각의 이면을 관통하고 있다. 시의 기법은 페레 시인이 말한 몸의 시학이다. 적중해서 수작으로 가름해둔다. 현대시는 무엇보다 참신해야 하고 기존의 틀을 깨야 우리들의 촉각을 전복시킬 수 있다. 눈이 갖는 역동성과 수용하는 경이로움과 해학이 빚어져야지 타자의 이미지나 어떤 의미를 훔치는 것은 포엣 태스트다.

또 하나 지나칠 수 없는 시 〈웃었다, 비둘기 때문에〉이다. 이 시작품도 마음에 와 닿는다. 자유를 상징하는 상징적 이미지를 관념을 통한 의미대상을 형상화 하는데 성공했다.

머리를 가득 채운 고민을 밀어내고
반듯한 횡선
몰라도 되는 일이 나랑 동행한다

두 줄이 눈에 띤다
이 줄이 뭘까?

가로수 뿌리의 몸부림인가
불쑥불쑥 고개 든 보도블럭
고칠 수 있을까? 못 고치면 어쩌지

터벅터벅 돌아

갈피도 허탈한 눈길
제 멋대로 돌다가 위를 쳐다봤다

그리고 그냥 웃었다
두 개의 전깃줄에
빼곡하게 앉은 비둘기 떼 그거네
　　　　　　—시 〈웃었다, 비둘기 때문에〉, 전문

　말하자면 자아발견으로 현세적인 삶의 변용을 도모했
다. 시의 흐름이 몸이라는 대상을 통해 복수적이다. 주체
를 숨긴 고독한 산책자의 보행은 자유라면 자유의 휴식
도 발견했다. 설령 자유의 제한을 말할 수도 있지만 걷는
자의 고독은 자유를 찾을 수 있다. 그 또한 욕망일 수 있
다면 자유는 평행선에서 이탈할 수 있다. 첫 만남의 자유
와 평화로움에서 제3의 탄생을 볼 수 있기 때문이다. 다
시 말해서 해체되어 재구성되는 동안 변용은 순간에도
끊임없이 순환하는 것을 볼 수 있다. 바로 "갈피도 허탈
한 눈길"에서 그대로 움직이는 자유를 발견했던 것이다.
그 자유를 찾았을 때 처음에는 "불쑥불쑥 고개 든 보도블
럭"만 보였을 것이다. 그가 찾는 비상의 자유는 보지 못
했기 때문이다. 자유는 평화가 필연적이기에 평소에는
비둘기들이 움직이는 보도블록이었을 것이다. 보이는 것

이 충족되면 그 아래의 결핍은 자유와 평화가 감싸는 것
이다. 몸과 마음의 편안함을 느끼기 때문이다. 그래서 우
리는 기억하는 장치를 갖는 이상 내가 존재하기 때문에
일상 불편을 해소하는 자연적 현상 중에서도 동적인 것
이 우선한다. 역동성은 나와 동일시되기 때문이다. 그러
므로 파편화된 이미지는 원하지 않는 경우가 더 많다. 내
가 거기에 비둘기처럼 평화를 줍고 있어야 삶의 의욕이
발동한다 할 수 있다. 이 시가 갖는 의미는 약간의 시대
적 풍자요소가 함의되어 있어 더욱 백미白眉이다. 은유의
다의성으로 표출되어 있다. 가지를 친 의미는 상당히 확
장되었음을 알 수 있다.

이와 같이 시의 본질은 프랑스의 정신분석학자 자크
라캉(1901~1981)이 주장한 문학기법 '드러내는 것이 아니
고 감추'는데 있음을 알 수 있다. 파블로 네루다의 〈시詩〉
를 읽으면 "시가 나를 찾아왔다"고 외쳤다.

3.

조혜자 시인은 빛과 그림자를 가려낼 줄 아는 시인인
것 같다. 그간 피눈물 나는 창작 몰입의 결과물임을 알

수 있다. 그의 첫 시집 서시와 같은 시 〈바느질〉은 여인
들뿐만 아니라 누구나 공감할 수밖에 없는 그의 첫 시집
을 관통하고 있어 의미심장하다.

> 지문이 다 닳아 없어진/ 아픔을 사철 땀방울에 꿰
> 어/ 곁에 두고 보려고// 바늘구멍에다 밀어 넣어 본
> 다/ 가슴을 활짝 보여주는 보름달/ 자유롭게 나는 학
> 의 날갯짓도/ 폭풍우 견디는 소나무에서/ 목화송이
> 구름 누비고 누벼// 내내 살아온 웃음들 다시/ 눈 안
> 에 넣고 싶어 바느질한다.
>
> —시 〈바느질〉, 전문

예부터 여인들의 아름다움은 바느질을 통해 가늠했다.
바늘은 첫사랑인지도 모른다. 떨림을 통해 첫 바느질은
얼굴이 달아오른다. 긴 느낌표를 통해 사랑의 몸짓을 배
운다. 따라서 바느질 시간은 자신을 꿰뚫어보는 성찰이
기도 하다. 시를 지으매 시의 본질이 갖는 내재율이다.
반복하여 과거와 현재와 미래를 잇대는 끈(弦. string)이다.
바늘과 아픔의 연결고리라 해도 좋다. "아픔을 사철 땀방
울에 꿰"기 위해 "바늘구멍에 밀어 넣는" 아픔이 바늘이
다. '도끼가 바늘이 되'기까지는 빛과 그림자는 어떻게 탁
마琢磨했을까? 조혜자 시인 자신도 아찔해서 모를 것이

다. 증언자는 해와 달도 아닐 것이다.

현대인일수록 고강도의 직조는 필연적이어야 한다. 이제 퀀텀 양자컴퓨터 시대에도 끊임없는 바느질이 더욱더 작동되어야 꿈은 이뤄진다. 이 시제가 함의하고 있는 의미들은 미지수들이 생동하고 있다. 소쉬르가 주창한 랑그와 파롤이 상호보완적이지만 번복되기도 한다. 파롤을 가능하게 해주는 것이 랑그이기 때문에 사회적이고 체계적인 것들이 개인적이고 구체적인 발화를 발생함으로써 다른 뉘앙스를 느끼게 된다. 파롤이 상승작용을 갖기 시작한다. 그렇다면 파롤로 인해 "가슴을 활짝 보여주는 보름달"로 변환과 의미가 확장된다. 여기서 파롤은 구체적으로 "자유롭게 나는 학의 날갯짓도/ 폭풍우 견디는 소나무에서/ 목화송이 구름 누비고 누"빈다는 것이다. 소나무에서 구름을 학의 날갯짓으로 바느질한다는 것은 단순한 바느질이 아니다. 따라서 파롤에서 사회적이고 체계적인 세계를 펼쳐 준다는 것에 부합된다. 마지막으로 번복하는 변용을 제시하고 있는데 "내내 살아온 웃음들 다시/ 눈 안에 넣고 싶어 바느질을 한다"는 것에서 이 시제가 갖는 함축된 다의성은 경이롭기까지 하다.

이를 기표와 기의에서도 살펴보면 동일하다. 기표(프랑스어: signifiant-시니피앙)에서 기의(프랑스어: signifie-시니피에)

가 낯설게 미끄러지면서 지시대상과 일치 않는 의미 내용을 볼 때 시 짓기에도 이와 같이 숨기는 것에서 시가 내게로 오고 있는 것이다. 바로 시의 생명력을 발견할 수 있다. 조선 순조 때 유씨부인俞氏夫人이 부러진 바늘을 의인화하여 쓴 수필 〈조침문弔針文〉보다 응축됐지만 더 다의성과 확장성을 함의하고 있다.

끝으로 조혜자 시세계는 한마디로 누구나 생각하는 범주에서 객관적이고 보편타당성을 획득한 것 같다. 그러나 그의 무의식적 상상력은 개성이 있고 독창성이 번뜩인다. 앞에서 지적했지만 그는 움직이는 생활 속에서 시를 창조하고 있다. 블라디미르 나보코프는 "평범한 대상을 미래시간의 너그러운 거울에 비칠 모습으로 그리는 것"이라는 주장과 흡사한 시적 궤적이 아닐 수 없다. 과거에 머물지 않고 거기로부터 출발하고 있다. 따라서 그의 시는 비감에 머물려는 것을 과감히 일으켜 세우는 에너지가 빛나고 있다. 애매모호한 시들은 시니피앙과 시니피에 관계의 동기화인 크라틸리즘(Cratylisme)으로 대체하고 있기 때문이다. 거울단계를 벗어나 상징계와 실재계의 경계에 진입한 것 같다. 그렇다면 보다 더 새로운 시세계를 구축하기 위해 항상 마음의 소리를 듣는 채찍으로 "끝까지 포기하지 마(Fight To The Finish)."라는 모토를 내세워 개성이 있는 시인되기를 기원한다. 아울러 후 덕한 연꽃이 하늘을 날고 있는 모습 또한 미래지향적이 다. 첫 시집 출간을 진심으로 축하드린다.

- 통영에서 출생
- 호 선연宣蓮
- 2020년 봄호《문학시대》(통권 제131호)에
  시 〈울타리〉 외 9편으로 신인상 당선, 등단
- 사) 한국문인협회 회원, 사) 경상남도문인협회 회원,
  사) 한국문인협회 통영지부 회원
- 국제계관시인연합한국본부(UPLIKC) 회원
- 무크지《0과1의 빛살》회원

조 혜 자   E-mail : chj9755@naver.com

조혜자 시집

웃었다, 비둘기 때문에

인쇄 2022년 8월 30일
발행 2022년 9월 05일

지은이 조혜자
발행인 이노나
펴낸곳 인문엠앤비
주소 서울특별시 종로구 북촌로4길 19, 404호(계동, 신영빌딩)
전화 010-8208-6513
이메일 inmoonmnb@hanmail.net
출판등록 제2020-000076호

저자와 협의, 인지는 생략합니다.
잘못된 책은 바꿔 드립니다.

ISBN 979-11-91478-12-9 03810
값 10,000원